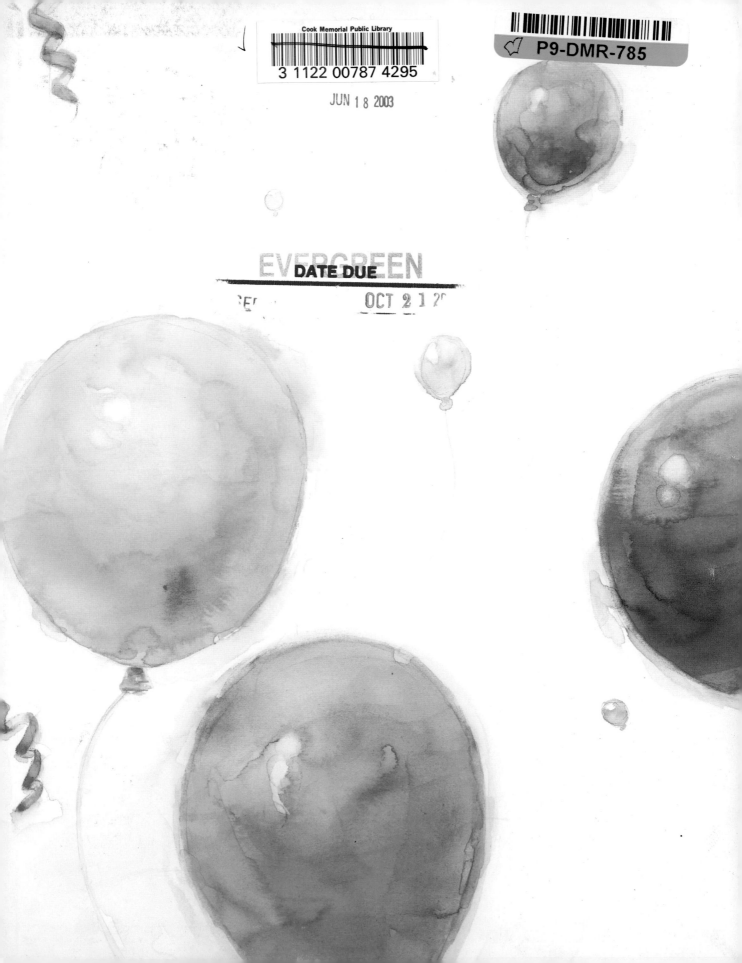

El día más feliz de Alicia

Por Meg Starr

Ilustrado por
Ying-hwa Hu & Cornelius Van Wright
Traducido por María Fiol

Star Bright Books
New York

The name Star Bright Books and the logo are trademarks of Star Bright Books, Inc.
Published by Star Bright Books, Inc., New York.
Star Bright Books may be contacted at The Star Building, 42-26 28th Street, Suite 2C
Long Island City, NY 11101, or visit www.starbrightbooks.com.
Printed in China   9   8   7   6   5   4   3   2   1

Paperback edition ISBN 1-932065-03-2 LCCN 2002111166

Hardback edition :
Library of Congress Cataloging-in-Publication Data

Starr, Meg.
  [Alicia's happy day. Spanish]
  El día más feliz de Alicia / por Meg Starr ; ilustrado por Ying-hwa Hu y Cornelius Van Wright ;
traducido por María A. Fiol.
    p. cm.
  ISBN 1-932065-01-6
  I. Hu, Ying-hwa. II. Wright, Cornelius Van. III. Fiol, María A. IV. Title.
  PZ73 .S7515 2002
  [Fic]--dc21
                        2002007746

Este libro está dedicado a los niños de East Harlem y de todos los otros barrios. – M.S.

Para Deborah, alguien verdaderamente original. – Y.H. y C.V.W.

¡Ojalá que pases un
día muy feliz!

Que oigas la música de
salsa y empieces a bailar.

Que todas las
banderas ondeen
en tu honor.

Que todos los taxis se detengan para ti.

¡FELIZ CUM

Que los aviones
escriban en el cielo.

Que las señales
de tráfico digan
"Camina" justo
cuando llegues.

Que las palomas
se inclinen para
saludarte.

Que tus amigos
hagan dibujos
con tiza para ti.

Que la vendedora de
naranjas te regale una cinta
de cáscara de naranja.

Que el heladero diga:
"¡Un helado de coco para ti!".

Que papi y
mami te abracen.

Que Titi
Penélope
cante para ti.

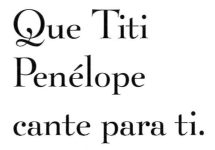

Que el bebé Aníbal
te dé su chupete.

Que rías con
todas tus ganas
sin que nadie
te interrumpa,
porque todos
nosotros te
queremos y por
eso te cantamos:
"¡Cumpleaños feliz
te deseamos a TI!".

El día más feliz de Alicia

Letra de Meg Starr
Música de Pepe Castillo

(Tocar una vez para la introducción)

(Repetir solamente la 2da. vez)

* (Disminuir el sonido
hasta que desaparezca)

© 2002 Pepe Castillo (BMI)

Para más información sobre la grabación de *El día más feliz de Alicia* por Pepe Castillo
o para ordenar el CD, por favor comuníquese con mmmsrnb@igc.org.